두어 번 날갯짓에
명왕성을 난다

국립중앙도서관 출판시도서목록(CIP)

두어 번 날갯짓에 명왕성을 난다 / 유영초 지음. -- 서울 : 갈무리, 2005
  p. ; cm. -- (마이노리티시선 ; 21)

ISBN 89-86114-76-3 04810
ISBN 89-86114-26-7 (세트) : ₩6000

811.6-KDC4
895.715-DDC21   CIP2005000511

두어 번 날갯짓에
명왕성을 난다

유영초 시집

갈무리

차례

제1부 산양과 나프탈렌

생강나무 꽃에게 묻다

이거,

꽃샘추위에 떨면서
그 샛노란 현기증에
아우성치며
치고받던

춘투(春鬪)의 결론

아닌가?

생강나무 꽃에게 묻다

노랑앉은부채

또 봄,

봄이다

아니, 겨울 끄트머리다

앉은부채가, 노랑앉은부채가

깊은 산 잔설들이 깔고 앉아 있는

겨울의 끝자락을 털어내며

솟구친다

또 봄,

회춘(回春)의 꿈

노랑앉은부채

붉은앉은부채

푸른앉은부채

내 마음의 앉은 부처, 坐禪草가

찰랑한 빛살의 눈이 부신 눈 속에서

봄을 설법한다

아, 봄이다

봄을 줍다

삐비에
물이 오르고

밭둑
상큼한
종다리 소리

똑,
따서
담는다

소쿠리에
가득한
봄

* 삐비 : 띠의 어린 순 뻘기의 고향 말

감꽃

뒷마당
감나무 꽃이
고개를 내밀었다

봄바람이
시리게 설레더니
이 밤 하얗게 웃는다

그 웃음
한 움큼이면
떫은 가난쯤이야
달디달게 우려내던
감꽃

할미꽃

보랏빛
머플러 한 장

뗏장을 덮으며
무너진 억장에 멍든
피멍이었으리

산띠아고에 비가 내리고,
벤세레모스! 벤세레모스! 빅토르 하라의
노래소리 꺽일 때

잘린 두 손에 응고된
보랏빛

파고다공원에서 흐느끼는
죄 없이
슬픈
목도리,

보랏빛 머플러

할미꽃은
무덤을 뜨지 못하리

개 복숭아 문명을 밟고 서다

하늘공원 가는 길
계단아래
개 복숭아 한 그루

뙤약볕
꾀죄죄한 열매들이
되레
싱그럽다

개 복숭아
문명을 밟고 서서
싱겁게
웃는다

에어콘에게

자네,
깨금이
동네꼬마 불알처럼
탱글탱글 여물어 가는
한
여름
지리산
어느 골짜기
가득 고인 그늘에
몸을
담그고
싱싱한 바람 한줄기
뚝
끊어서
한 입에
삼켜본 적이 있는가?

* 깨금 : 개암나무 열매의 고향 말

여름풍경 하나

어떤 여름이든
비에 젖은 녹음이 흘러내리는 것은
자연스러운 것이었다
계곡에 차고 넘는 풀빛들이
그 푸르른 제 빛깔에 못 이겨 호수로 풍덩풍덩 몸을 던지
는 것도 그러하였다
이 녹색의 성찬에
호수 가장자리에 담긴 비구름이 정결하게 물안개를 피워
올리며 참석하고
원앙이 한 쌍이
물무늬를 그리며 지휘하는 호수풍경의 장엄한 의례는, 그
렇게 이유 없이 자꾸만 절정을 향해
치달아 가고 싶었던 것일지도 모른다
정지하고 싶어 하는 시간도 마침내
물무늬 안으로 빨려 들어가고 없다
팽창하던 느낌의 세포들도 일시 분열을 중지하고
문득 한 움큼의 테르펜 향기가 주름진 생각을 탈취해 버렸다
하얀 포말,

하얀 포말이 한 가득 흩어지고
아득히 우주 저 건너편 블랙홀의 뚝 방에서는
새 한 마리 지저귐이 공명해 오는 것이었다
계곡을 타고 흘러내리는
어떤 여름이든
습하게 닫혔던 세상의 창문을 열고
바람과 나무와 풀과 벌레들의
소리풍경(音風景)을
컬러링 하는 것은, 그렇게
자연스런 것이었다

작은 우주목

붉은 시멘트벽에
매달려,
기어코 매달려 하늘로 비상하는
나무 한 그루 있다

인사동
어느 까페에서 보이는
유리창 너머 낡은 건물

가슴속에
쏴아
바람 한 자락이 쓸려간다

땅과 하늘을
잇는
宇宙木의 몸짓이런가.

저 척박한 콘크리트 절벽에 뿌리를 박고서

희뿌연 햇살
마른 물기를 부여 쥐고
생명의 바리케이드를 친다.

벅찬
심장소리가
까페를 덮치고

놀란
커피 향은
자꾸만 창문 틈으로 달아난다

주목실(朱木實)

피가 붉어
혈관이 푸르고

열매가 붉어
주목은 늘 푸르고 또 푸르다

하여,

그 결실이
초경(初經)보다 두려운
기쁨이었거나
슬픔이었거나

주목은
살아 천년
죽어 천년을
一片丹心
붉은 마음이다

母岩

켜켜이
배신이다

허나

결코,
腐植되지 않을 꿈

바이칼 오리의 꿈

서산에 붉은 해
뚝
떨어지고,

간월호수
이무기가 펄떡인다

먼바다
구만리 장천에서 큰고래가 춤추듯
검푸른 호수를 차고 오른다
검붉은 하늘을 딛고 내린다

어둑한 창공
날갯짓 소리인지, 소리의 날갯짓인지
사위를 가득
채운다

한 치의 오차도 없이

솟구치고, 자지러지고, 뒤집으며
수천, 수만, 수십만 가창오리들이 춤춘다

폭풍으로
휘몰고, 적막으로 자지러진다

어둑한 사위
인드라망의 그물로
시베리아의 시린 눈, 바이칼의
푸른 꿈을
건져 올린다

바이칼 오리의 군무
아, 대붕의 꿈

에콜로지

하늘에
가오리연이 걸린
해거름 녘

팽팽히-
겨울과 맞서는
마른나무 꼭대기에
고슴도치 같은
집이 한 채

어둑한
아카시아나무 숲을
하염없이
귀소,
귀소하는
새

나

저 巢에
웅크린 알이고 싶어

나
저 새가 품은
평화이고 싶어

겨울, 아카시아 군락

향기는
당찮은
포식이었나 보다.

등걸로만 숨쉬어야 하는
이 고독한 群落에
머물러 주는 바람 한 점 없으니

겨울
아카시아 숲
빈 하늘을 붙들려고 일어섰던
허허로운 꿈
그 뒤꿈치에

바람이
쌩쌩
스쳐 지나간다

산양과 나프탈렌

군화 끈을 맨다

이 어슴푸레한 미명
DMZ 산양들은 잘 있는지?

주머니 속
나프탈렌 향기는
소집되어 가는데

시누대 숲의 추억

소스락
소스락
눈오는 초하룻날 세배 가는 행렬이 시누대 숲을 지난다

소스락
소스락
노루목처럼
좁은
시누대 숲길을
간다

큰 당숙 앞장서고
꼬마들은 종종걸음 뒤쫓기도 바쁘다
태안사 뒷산
설날 아침 성묘 길은 왜 이리도 멀드냐

소스락
소스락

시누대 숲

소나기와 어머니

한여름
바랭이는 겁이 없고
호미는 바빠졌다

바삐 풀어헤친 보드라운 속살
밭 흙 둔덕으로
물을 머금은 바람 한 자락이
지난다

뽑는다.
후두둑!
후두둑!

이랑이 패이고
어머니의 굽은 등에서
모락모락
안개가 피어오른다

굴렁쇠

하냥
땅만 보고
가끔은 힐끔거리면서
구르지요

어느 한 구석
똑 부러진 데 없이
그저 시풋이 싫은

이리로 하면
이리로
저리로 하면
저리로
절대
뒤집을 줄 모르는

시풋하다
싫은

굴렁쇠처럼

마냥
구르고
구르지요

소식

감나무
꼭대기에서
까치가 홍시를 노리고 있다

홍시는
마당 가운데
늙은 할망구를
노리고

아마도,

할망구는
손주 녀석들의
소식을 노릴 것이다

아이들은 세상을 크게 본다

아이들의 눈에,

마당은 동네 아이들이 전투를 벌이는 드넓은 전쟁터다
하찮은 뒤뜰 뽕나무도 신성한 거목이고
지붕은 하늘로 올라가는 징검다리다

동네 앞 개천은
넘을 수 없는 국경이며
앞 동네는 또 하나의 나라다

아이들은
그렇게
세상을 크게 본다

아이의 꿈

"커서 뭐가 될래?"
"나무!"
"왜?"
"이렇게 팔을 벌려서 그늘도 만들어주고 가지에 옷도 걸게
해주고..."

38.5도에서

38.5도에

몸이 뜨거운 것은 열정 때문이라고 주장하기엔

난, 너무 늙었다

그렇다고, 38.5도에

몸이 뜨거운 것은

바이러스 때문이라고 주장하기엔 너무 젊었지.

38.5도에

필요했던 것은

몸을 식힐 차가운 물수건이

아니었을지도 몰라

38.5도에

필요했던 것은

몸으로 덥혀 줘야 할,

38.5도로 녹여주고 싶은

긴 겨울 얼어붙은 대기에 식어버린 물컹한 그녀의 가슴이

었을지도 몰라

38.5도는 뜨겁다

아니, 38.5도는 너무 추워

그리운 꽃밭

투구를 한
딱정벌레들이
가로막고 서 있었지

우리는 닫히고,
소름은
목덜미를 더욱 슬프게 하였다

그래도
두근거리는
절망이 아름다웠고
꽃들은 그 완고했던 울타리를 무너뜨리며
전진하였다

그래!
툭,
툭,
내던진 향기는

스크럼이 되고 바다가 되어 출렁거렸지

바람은 거칠어 가고
먼 바다 사이렌의 그 참혹한 유혹에
나비는 꽃을 져버린 채
기꺼이
창공으로 침몰해갔던
그 곳

이제
찢긴 망사를 접고
날개 짓은 무모했었노라고
꽃들에게 돌아와
꽃들에게 비는
그리운 꽃밭

불혹에

언제 철들래?
주인 아주머니는 그렇게 말했다
뒤집힌 뱃지에 후크는 풀어헤치고
튀김 집 막걸리 사발을 놓고
그때, 우리는 다 컸다
그리고
나이 스물이면 세상이 보일 줄 알았다
스물이 넘고서는
세상이 나를 속였다며
거리에 꽃병을 내던지며
고함쳤다
검은 먹지에 이데올로기를 긁을 땐
서른이 된 인간들의 생이 추레해 보였다
너절한 인생들과
속곳에 젖어가는 가랑비로
스멀스멀 닮아갈 때,
세월은 조금씩 빠르게 흘렀다
그 때 친구는,

아이 둘을 낳고 제 손으로 집을 짓고 부모를 여의어봐야
어른이 된다고
어른스럽게 주장했다
아이의 초경만큼
성숙해야 할 고비
불혹이 오고
불혹을 넘기고
불혹이 갔는데도
인생에 혹하는 게 아직도 너무 많아
언제 철들래?
'주인 아주머니'는 이렇게 말한다

달빛

산과
들판이
달빛에 맞아 멍든다
시퍼렇게
검푸르게
내 마음은
님을 향한 내 마음은
그리움에 멍이 든다
쏟아지는
달빛에 슬레이트 지붕이 내려앉고
그리움에
내 가슴이
철렁
내려앉는다
몹쓸 놈의
쓰르라미들

낙엽 한 장

지난
추억 한 장이
팔랑팔랑 쏘다니다
벤치를 깔고 앉은 햇살 옆에
쭈뼛거리며 앉는다

소름처럼 예민한 목
머플러도 없는 플라타너스가
긴
만가를
횡으로 들고 서 있다

황금연륜으로 채
물들기도 전
광합성을 못다 한 파아란 이파리들마저
우수수
명퇴를 통고 받던
참혹했던

그
기억

갈데없는
네거리의 이정표는
더욱 야위어가고
소리 없는 아우성들이
쓸쓸히
떠밀려
간다

거리는 서로를 외면한 채
사방으로 흩어지고
침묵하는 교차로를
쌩한
바람들이
지난다

그리고,

햇살은
남은 서러움을 끌어 모아
모락모락
춘투를 꿈꾼다.
플랭카드를 높이 치켜들고 시위하는
낙엽 한 장

이사

입춘이다

화분은
아직은 뜬금없다 할 봄을 찾는데

이제 곧
깨진 간장독에
갈등하면서
포장지도 없이 품위도 없이
적재될
세간살이

밧줄에 묶인 봄
어디에다
풀어놓을까

전셋집
시멘트 벽

입춘대길이

파르르

떤다

귀경길

이번에도
지서 앞을 지나는 버스 뒤꿈치에
먼지를 뒤집어쓰며
철렁이는
가슴으로 배웅하였을게다
돌아보지도 않고 떠나는
자식의
뒤통수가
뭐가 아쉽다고
문학전집 할부금 받으러
산골까지 찾아온
수금원만도 못한
그 자식의
귀경길에
그게 뭐,
보따리 보따리
싸 줄 만한 거라고

그 아픈 영상을 먼지 속에 뒤집어쓰고 있는지

실업자의 오후

햇살이
쨍
하더니
창문을 깨고 들어와 장판을 들어내버렸다

아랫목에 웅성거리던
그림자들도 투항해버린 전투는 무의미하다

食具를 든 퇴역장교는
짐짓 제네바 협약에 준하는 대우를 헛기침으로 요구하지만
식어버린 국은 냉정하기만 하다

누군가를
선착순시켜버리고 싶은 오후
태양이 접수한 연병장은
텅
비어 있다

꿈

뜬금없는
전화가 왔습니다.
간밤에 내 꿈을 꾸었다면서
안부를 물었습니다.
마음 한구석이
싱거워졌습니다.

나는 한 번도 그이의 꿈을 꾸어 본 적이 없는데
나는 한 번도 누구의 꿈을 꾸어 준 적이 없는데

넌 두엄에 썩힌 홍어처럼 향기로울 수 있느냐

황소개구리가
자라가
가물치가
시장 통 고무 함지 속에서
제가끔
비린내를 풍기고 있다

그래서?

자,
그러면
넌 두엄에 썩힌 홍어처럼 향기로울 수 있느냐

고사

돼지머리에 만원짜리 지폐가 물리고
페트병 속에 든 막걸리가 음복되었다
배꼽티를 입은 심청은 깔깔거리고
아이들의 하품은 진양조로 늘어진다
축문은 주로 문자가 되어 하늘로 쏘아 올려졌다

유세차~
@#%^&@#$%^&*()!!!
상향 *^^*

비데

살을 떠받들고
살로 못간 것들을
살로부터 분리하여
은폐한다

어디로 가는지
어디쯤 가고 있는지
알 없는 머나먼
뒤안길
웅덩이, 파이프, 하수도로 유배되는
내 생의 알리바이,
알리바이 덩어리들

선글라스에
뚱뚱한 비계가 낀
문명의 청부업자
비데여,
Suck my Ass!

프로메테우스의 간-U236

어떤
세기말
광도를 알 수 없는 빛을 훔쳐
누군가
천왕성을 달아난다

푸른행성
어느 호숫가
돌연,
물새는 날지 않고 거위는 알 낳기를 멈추었다
바람과 돌과 풀벌레가 숨을 죽인다

털끝 같은 미동
궤도를 튕겨 나간 달
날이 선 빛

눈

깜짝

할
사이, 45억 년

빛에 찔린 눈알은
깊이를 알 수 없는 연못으로 빠져 버리고
틈새가 없는 어둠의 빛이
왔다

그러고 보면,
시방도
어느 히로시마의 인큐베이터에서는
코카서스의 바위를 나는 독수리가
자꾸만
부화되고 있을는지 모른다

동트는

또 한 세기
누군가에게 이식해줄 간은
충분한가?

* 천왕성=uranus, 우라늄의 어원

국도퍼포먼스

여순국도 변에는 사고차량이 전시되어 있었습니다 우그러지고 찌그러지고 한 사람 혹은 여러 사람의 혼이 담긴 우리의 현대문명이 시공한 작품을 무심히 보고 지나갑니다 당신도 예외일수 없습니다라는 문구는 사고 전까지는 누구에게나 예외입니다 아 대한민국은 혼이 담긴 시공을 캐치프레이즈로 하는 건설회사뿐만 아니라 혼을 담고자 날뛰는 행위 예술가들이 넘쳐납니다 혼이 담긴 설치미술품사이로 시속 120키로에 눈을 부릅 치켜 뜬 전조등으로 연출하는 엑스타시의 지경은 소름끼치는 가관입니다 대포댁은 건널목에서 이 어지러운 퍼포먼스에 질려 횡단보도를 건너질 못한 채 한 시간을 눈치만 살피고 있습니다 이쪽이 오지 않으면 저쪽이 오고 저쪽이 오지 않으면 이쪽이 달려 와서 한 시간을 고무 다라이를 머리에 이고 호미를 든 채 서 있습니다 얼마 전에도 장전마을의 박 씨가 이 퍼포먼스에 혼을 담았다고 합니다 죽음의 예술은 아마도 계속될 것입니다

난지도

여기
늪이 산이
되어 버린
부패한
신화

비명도 없는
기적
한강변에 묻히다

"난지도는 영지와 난초가 아름다워서 지어진 이름이라고
전해진다"

신도시

안개가
봉해버린 시계
신도시는
아키라의 네오도쿄다

빌딩 숲
평균수명
한 오십년

나비가
꿈꾸기도 전
한 나절이면
이 콘크리트 군락은
구겨진 화첩이 된다

화첩은
실평수와 관계없는 긴 흉터를 담아
자꾸만 머리를 조아리는

포크레인의 제전에
상재되고

돌아볼 것도 없어
소금기둥도 없을
비린 추억에

네오시티는
자막도 없는 외화일거다, 고
아무리 중얼거려도
호수공원 벤치의 그림자보다도 납작하게
밀려나간 의식에는
대팻밥이
없다

장마

하늘에 구멍
비
19층 아파트 우리 집 천장이
샌다

베란다 커텐 사이로 액자무대,
골절된 다리 위에
옆구리가 터진 가죽소파와 탁자하나가
셋트로
물난리를 저지하고 있다.
저지대 주민들은
초등학교 교실로 대피하고
이따금씩
돼지는
황톳물에 자맥질을 한다

비는 퍼붓고
티비는

안전 불감증을 모노톤으로 퍼붓는다
비
극이다

밤 가시의 뜻

함부로 털지 마라
풋밤
그 안에 덜 여문 생각이 자라고 있다

밤 가시는
그 생각을 지키는 사천왕이다

아직은,
아직은
햇살과 바람과 이슬을 먹으며 더욱 여물어야할 뜻이다

이를테면,
함부로 털어 낸 풋밤을 까서
떫은 막을 찢는 행위는 모험주의라 해도 좋다

함부로 털지 마라
풋밤
다 때가 있는 법이다

때가 되면
풋밤은
스스로 가시송이를 짜악 벌리며,
토실토실하게 여문
훌륭한 생각 하나를
툭!
떨어뜨릴게다

이것이 혁명이다

알, 혹은 R

철이 들어야 안다

알은 생산력과 생산관계의
모순에서만 부화되는 것이 아니라는 것을

철이 들어야 안다

알은 어미 새의 품속에서
사랑의 온기를 받아야 껍질이 진다는 것을

말

말은
때론 달콤하고
때론 씁쓸하고
때론 떨떠름하고
때론 시큼하고
때론 신랄하고
때론 둔탁하고
때론 날카롭다
말 한 마디가 낼 수 있는 상처의 깊이는
천길 낭떠러지만큼 아뜩하다

태초에 말이 있긴 있었나 보다

증산동 뒷산에서

수색에서
올랐습니다
금새 숨통이 트였지요 둘러보니
여기저기에는 신촌들이 있고
모래내가 오줌발쯤 되는군요

마루에서
신도시로 넘어가는
송전탑에서는
까치들의 비명소리가 들립니다

산허리를 배암처럼 감고 올라오는
개발도상국에서는
양은냄비에 물 끓이는 소리가 납니다
와글와글

증산도
난지도와 마주 앉아

가마솥에
개벽을 끓이고 있나 봅니다
다글다글

황사

늦겨울
사막에 묻혀버린
여의도

국회의사당은
소금기도 없는 신기루처럼
떠 있다가 사라지는데

쳐다볼수록
충혈되는,
충혈하는,

여의도의
황사

송전탑

바람이 불고
날은 어두워지는데,
송전탑은 귀신우는 소리를 하며
재를 넘는다

산 넘으면
220볼트
100와트의
광명

이 光明을 부팅할
문명의 양식을 짊어지고
뚜벅뚜벅
재를 넘어 간다

까마귀들은
침묵에 걸려 있는데

송전탑의
귀곡성은
밤을 샐 모양이다

포구의 추억

파시는
빛바랜 흑백추억 속으로
침몰하고,

황금조기 찬란한 꿈은
체르노빌의 재로
殮하였다

물새알
노른자
도솔천 건너는데
삼만 삼천 겁

배 띄워라
배 띄워라
칠산바다 온배수에

속없는

노랑조개 껍질들
노래도 속절없고
포구의 슬픔은 반감기가 없다

파시는
빛바랜 추억 속으로
침몰하고

지푸라기에 꿰인
먼 바다의 아픔
줄줄이
등을 비튼다

비상소집

하나.
오후에
방위가 찾아와
나를 비상소집하고 갔다
인원점검만 하고 끝날 것이라는 귀 뜸과 함께 통지서를 주었다

둘.
제대 후에도 한동안
영장 받는 꿈
드문드문
꾸었는데
인사계는 복무기간이 연장되었다고 가끔씩 나를 데려갔고
이러다간 6.25 꿈까지 부역하는 건 아닌지
덜컥 겁이 나곤 했다 또,

셋.
다섯 살이나 어린 고참이 암구호를 잊어버린 이 늙은 쫄병에게
자꾸만 원산을 폭격하라고 쪼인트를 까는데

나는 돌격 앞으로 외치면서
비상식량, 건빵 한 봉지와 삼립팥빵과 광주우유
국방색 사제 잠바에 쑤셔 넣는다 마침내 이제,

넷.
제3참호이면서 간판제목이 카센타인 동네 모퉁이에서
도망간 아들 대신 나온 뒷집 영감님과 함께
카빈을 메고 안나오는 자세로
우로 어깨
총!
해야만 한다

하나,
둘,
셋,
넷,

하나둘. 셋넷.

핫둘셋넷!

바그다드 까페의 장미향

4월, 벚꽃에는
최루탄 냄새가 난다

그래,
그렇듯
'바그다드 까페' 정원
맨발과
구식소총으로 무장한
붉은 장미향도

어여쁜 전갈들의
슬픈 후각세포에
화약냄새를 합성해내고 있을 것이다

그래서
추억 속에
묻은 혈흔의 지문은
기어코,

생의 알리바이가 되고야 말겠지

생체시계는 울지 않고

첫닭이
울기를 거부한 때부터일까?

몸 어딘가에
꼬옥,
꼭
숨겨진 생체시계도
울지 않는다

석양과 결핵

아뜩한
첫 키스의 어지럼증이 도지면

신열은 나른해진 오후를 매만지고

어스름,

검은
산등성이가
아침이면 토해낼
붉은 햇덩이를 삼킨다

하얀 피

하얀 피는
푸른 정맥을 떠돌고

빈집
색바랜 도배지 위
웃풍에
떨고 있는 부적처럼
고독을 증식한다

"네 아우 아벨은 어디 있느냐"

소설은 슬프고,
하얀 피는 내안의 나로 태어나
나를 가둔다

붉은 비닐 봉지 속에 갇힌
카인의 운명

하얀 피는
푸른 정맥을 떠돌고

붉은 사랑

내
마음은
수채색 연필로
녹아

똑,
똑,
똑,
그
리
고
싶어
당신의 두근대는 박동을 들으며 하얀 시트 위에 번지는 얼룩
이고 싶어

내
붉은 마음
투명한 봉지에 담아

던지고 싶어
퐁
당
퐁
당
당신의 푸른 정맥 속에 뛰어들어
백만송이 천만송이 연꽃으로 피어나

덫에 걸린
당신의 슬픈 세포
어루만지고 싶어
꼬옥, 껴안고 싶어

헌혈

누이의
봄
初經같은

두려움으로, 설레임으로

내가 너의 깊은 곳에
비밀처럼
다가가는 것

그리고
하나되는 것

X-ray의 집 한 채

누구세요?

X-ray속에
하얀 집을 짓고 유혹하는 당신은

누구냐고
다 묻기도 전에 문이 열렸지만

내미는 손
낯설어 고개를 돌린다.

몸과 마음의
돌아앉은
대화!

내시경

속을 들여다보았다
속이 비어 있다
속도 없다

그 어딘가 두꺼비처럼 옹송거리고 있을
속내는 무엇일까?
속내는 어디일까?

내시경은
속없는 속을 본다

울렁거린다
속없이

나비와 조혈모세포

표본실의 유리상자에
채집된 호랑나비 한 마리

나는 등에 꽂힌 핀을 빼고
파닥인다

두어 번 날갯짓에
명왕성을 난다

먼 산 갈참나무 숲
꿩 소리

파동은 골짜기를 덮고
블랙홀이 열린다

빨려들어 간다
속절없는 퍼덕임

뼈가 시리다

나는 다시 등에 핀을 꽂고
골수 천자를 당한다

주사기에 가득 찬
조혈모세포

카데터와 병동의 밤

밤이다
이명처럼 울어대는
TV는 혼자서 놀고 있고
열네살 석훈이, 5년 생존을 목표로 투병하는 예순의 이부평
아저씨,
신혼의 김철
.....
지친 환우들은
잠들었는데
의사도,
간호사도,
간병인도,
잠시 자리를 비운
병동의 밤
불침번을 서는
의료장비들
램프는 눈을 감지 못하고
충혈되어간다

달빛
하얀 줄기들
블라인드를 열고
찾아든다
수액은
눈물처럼
내 가슴속 카데터, 정맥속으로
퐁당퐁당
몸을 던진다
면회는 짧고
그리움은 길다
병동의 밤

*카데터 : 혈관에 연결하여 수액을 공급하는 호스

황금나비의 꿈

노오란,
샛노란 나비가
나비 떼가

푸른 정맥
지친 강으로
뛰어든다

파닥거리는 날갯짓에
우주 한 모퉁이
작은 박동하나가 고막을 울린다

억겁
저 시원의 바다에서 단세포로 만났던 우리
기억
새롭지 않은가

당신,

당신의 황금나비를 맞으러

붉은 혈관 여윈 강가에
꽃길을 열면
수만리 꽃길을 따라
꽃길을 따라

나비떼가 날고
나비떼가 날고

그 꽁지엔
예쁜 꿈 하나
매달린다

가시

탱자는
그 향기를 지키기 위하여
가시를 키우는데,

사람은
그 무엇을 지키기 위하여
가시를 품는가?

고향

가자
바람이 태어나고 파도가 춤추는 저 시원의 바다로
저 깊고 깊은 포유류들의 고향
웅크리고 있는 새벽을 깨워
가자
고향으로

구속된 꿈

이제 당신을 놓아 드리겠습니다
내 마음속의 골방
누구도 닿지 않는 우심방 좌심실보다 깊은 외딴방
그 방에 갇힌 당신을 보내드리겠습니다

이제 당신은 자유입니다

미망이여! 헛것이여!

동반여행

잠들었는가? 그대
어차피 무박의 짧은 여행인데 여기서 잠들고 말텐가!
갈 길은 멀고 마음은 바쁜데,
다리품앗이 서로하며
밤을 틈타
하얗게 질주하는 저 달빛을 벗 삼아
늦기 전에
길 떠나세
끝내, 끝끝내
자네가
동행을 마다하면
갈 길 마다하면
이 혼백이라도 걸어가야지
늦기 전에
길 떠나세,
그대 나의 육신이여

병에 관한 메모리

횟배를 앓으며
내 몸이 다른 이의 숙주일수 있다는 것을
처음 알았습니다
내 덕에 사는 이가 있다는 것은
좋은 일이죠
멀미는, 어지럼증은
내게 지구가 둥글다고 말했습니다.
열병을 앓으며
나도 그렇게 뜨거울 수 있다는 것에
기뻤습니다
알레르기를 앓으며 악취가 그리울 때도 있었고
가려움을 잘 긁어주는 사람이야말로 훌륭한 이라고
생각하게 되었습니다
류마티즘을 앓으며 내 몸이 기상대가 될 수 있다고 호기를
부렸지요
북경에 비가 내리면 내 엄지는 쑤셨고
류마티즘은 몸과 자연은 일체라고 일러주었습니다
아이를 낳았고, 그 아이가 눈을 다쳐 바늘로 꿰맬 때는

‘身體髮膚受之父母不敢毁損孝之始也’라는 말을 비로소 터
득했습니다
폐결핵은 나에게 시인이 될 수 있다고 말했고
또 누구든 시인이라고 했습니다
그러나 임파선에도 결핵이 찾아 왔을 때엔
이 내 인생의 도둑에 분노했습니다
아!아! 병은 끔찍한 내 생의 날강도 같은 것이라고!
절교!를 절교!를 부르짖었습니다.
그러나,
백혈병이 저승사자처럼 다가왔을 때는
말없이 다가서서 두 손을 내밀었습니다
그 병속에 나와 함께 가는 나 안의 내가 있었던 것입니다
때로는 철저히 대결하고
때로는 따뜻하게 달래면서
무박의 짧은 여행 같은 인생,
병 또한 함께 한다는 걸 알았습니다
몸은 아픔을 통해 마음을 키워주고
마음은 사랑을 통해 몸을 돌봅니다

병은 그렇게 내 스승이고 동반자였습니다

매혹과 둔기의 변증법

김응교(시인)

10여 년 전이었다. 그때 나는 어느 출판사의 편집주간으로 있었는데, 문화평론하는 이윤호 님의 소개로, 어떤 이가 쓴 생태환경에 대한 원고를 받았다. 짧은 글 모음이었는데 살아 있는 생태학적 실험 보고서였다. 내용도 내용이거니와 글이 워낙 곰상곰상하여 맛있게 읽혔다. 며칠 후 만난 필자는 웅근 소리로 미소 짓는 사람이었다. 그렇게 해서 나온 책이 유영초의 환경에세이 『더럽게 살자』(두레시대)라는 책이다.

그후 우리는 간간히 소식을 교환하며 살았다. 가끔 유영초가 백혈병을 앓고 있다는 말을 바다 건너 전화로 들을 때, 아

무엇도 할 수 없다는 난감함에 짧게 고개 숙여 묵상하곤 했던 것이다. 그리고 거의 10년이 지나 유영초를 다시 만났다. 너무도 기쁘게 완쾌된 모습으로, 그것도 시집 원고를 가지고.

산문의 숲을 산보하던 그는 이제 숲 깊숙이 숨어 있는 시의 샘물을 길어올리고 있다.

말은
때론 달콤하고
때론 씁쓸하고
때론 떨떠름하고
때론 시큼하고
때론 매콤하고
때론 둔탁하고
때론 날카롭다
말 한 마디가 낼 수 있는 상처의 깊이는

-「말」에서

그는 말의 다양한 속성을 육체화하고 있다. 달콤하고, 씁쓸하고, 떨떠름하고, 시큼하고, 매콤한 말은 매혹적이다. 그러나 말은 반대로 둔탁하고, 날카로운 둔기로도 변한다. 그래서 천길 낭떠러지만큼 아뜩한 상처를 낼 수 있다고 한다. 그리고 그는 조심스럽게 매혹의 말과 둔기의 말로 그가 보고 체험한 세계를 그려낸다.

1.

그의 시는 전통적인 시적 의장(意匠)을 입고 있지 않다. 그것은 안타까운 일이 아니고 고마운 일이다. 교실에서 배운 시가 아니라, 그의 시는 삶을 그대로 기록한 호흡이다. 그는 조태일, 김지하, 황지우, 박노해, 김선우 등의 시를 좋아하고는 있지만, 어느 누구의 모방으로부터 자유롭다. 어떤 정형(定型)보다는 그의 숨이 뿜어낸 만치의 부피가 자리잡고 있다.

그 허공의 부피를 채우는 주인공들은 무엇보다도 나무와 꽃이다. 좌선초, 우주목, 주목실(朱木實), 감꽃, 할미꽃… 온생을 햇빛으로 향하는 나무와 꽃의 향일성(向一性)은 그에게 늘 생명에의 힘을 준다.

땅과 하늘을
잇는
宇宙木의 몸짓이런가

저 척박한 콘크리트 절벽에 뿌리를 박고서
희뿌연 햇살
마른 물기를 부여 쥐고
생명의 바리케이드를 친다

- 「작은 우주목」에서

이 시에 나오는 '우주목'(cosmic tree)은 실제 있는 나무가 아니라, 신화에 등장하는 하늘과 땅을 이어주는 나무를 말한다. 가령, 단군신화에 나오는 신단수(느티나무), 북유럽의 신화에 나오는 이그드라실나무(물푸레나무), 시베리아의 자작나무 등이 이것이다. 말하자면 샤머니즘에서 하늘과 땅을 잇는 '성스러운 나무'(divine tree)라 할 수 있겠다. '척박한 콘크리트 절벽에 뿌리를 박고','마른 물기를 부여 쥐고' 있는 '생명의 바리케이드', 아무것도 아닌 덩굴을 주목하면서 시인은 '벅찬 / 심장소리'(6연)를 듣는 것이다. 이 덩굴의 힘은 다름 아닌 태양[生命]으로 향한 향일성이다. 이 덩굴의 향일성은 비단 이 시뿐만 아니라, 이 시집을 관통하는 하나의 역동적 상상력이다. 모든 식물이 품고 있는 이 역동성은 역사와 현실의 장과 만나기도 한다.

파고다공원
민가협 어머니의
죄 없는
슬픈
목도리,

보랏빛 머플러

할미꽃은
무덤을 뜨지 못하네

- 「할미꽃」 전문

돋보이는 표현은 1연에 "보랏빛 / 머플러 한 장"이라는 표현이다. 할미꽃 자체를 이렇게 간결하게 표현하는 것도 신선하거니와, 이것이 민가협 할머니와 겹쳐질 때 단순한 신선함은 역사성을 얻게 된다. 게다가 "산띠아고에 비가 내리고"(3연 1행)라는 남미(시인은 서반아어를 전공했다)를 배경으로 한 영화 제목과 함께 할미꽃의 이미지는 새로운 역사성과 만나게 된다. "빅토르 하라의 / 노래소리 꺽일 때"라고 했는데, 사실 빅토르 하라는 칠레의 군부독재에 체포되어 손가락이 꺾였던 민중가수였다. 이 절망의 시대에 칠레의 어머니들은 오늘날 한국의 민가협 어머니처럼 할미꽃잎 같은 머플러를 하고 있었던 것이다. 이 때 할미꽃의 이미지는 민주화와 인권을 주장하는 민가협 할머니의 이미지를 넘어 칠레 어머니의 그것과 겹쳐진다. 결국 할미꽃 이미지를 담은 짧은 서정시 한편이 민중연대를 향한 향일성을 담아내고 있는 것이다.

2.

그의 시에는 약자의 리얼리즘인 풍자시가 가끔 돋아보인다. 자연을 삶에 대비시키는 것을 넘어 좀더 직설적인 풍자를 시도하는 시들이 있다. 「에어콘에게」 같은 시를 보자.

자네
깨금이
동네꼬마 불알처럼
탱글탱글
여물어가는
한
여름
지리산
어느 골짜기
가득 고인 그늘에
몸을
담그는
싱싱한
바람 한줄기
뚝
끊어서
한 입에 켜본 적이 있는가?

- 「에어콘에게」 전문

에어콘에게, 라고 했지만, 에어콘이라는 객관적 상관물은
물신화된 자본주의를 표상하는 상징이다. 시인은 에어컨, 즉
자본주의 문명에게 직접적인 질문을 던지고 있다. 에어콘 바
람이라 해봤자, 싱싱한 바람 한줄기에 비할 바 아니라는 말
이다. 여기서 '깨금'이 '에어콘'과 대조되듯이, 그의 시에는 곧
잘 자연적인 요소와 문명적 상징과 대립되곤 한다. 개 복숭

아 한 그루가 인공적으로 만들어진 하늘공원이라는 "문명을
밟고 서서 / 싱겁게 / 웃는다"(「개 복숭아 문명을 밟고 서서」)
라고 표현한 것도 마찬가지이다. 이외에 문명이 사람을 죽이
는 것을 퍼포먼스로 표현한 「국도 퍼포먼스」도 끔찍한 아이
러니를 보인다.

　제4부의 시들은 시인이 투병하면서 지냈을 때 쓴 시편들
이 많다. 일찍이 수잔 손탁이 『질병의 연구』에서 논했듯이,
병은 작가들에게 다양한 상상력을 자극시킨다. 우리 시에서
시인 이상을 비롯하여 질병으로 인한 보기 드문 상상력을 보
였듯이, 유영초 또한 개성적인 모습을 보인다.

　　내 가슴 속에 심은 카데터, 정맥 속으로
　　퐁당퐁당
　　몸을 던진다
　　면회는 짧고
　　그리움은 길다
　　카데터에 묶인
　　병동의 밤

-「카데터와 병동의 밤」에서

　"병은 그렇게 내 스승이고 동반자였습니다"(「병에 관한 메
모리」)라는 표현에 이르기까지 그의 시는 병과 동반하며 단
단해져 가고 있었다. 그는 밝히고 싶어 하지 않지만 그는 한
동안 병을 친구 삼아 지냈던 시기가 있었다. 그런데 이제 그

119

는 건강하고 그의 시가 결실로 맺어졌기에 병들었었다는 사
실이 오히려 귀한 이력이 될 듯 하다. 필자가 이 시집에서 가
장 좋은 시로 보았던 것은 바로 이러한 시각의 시였다.

표본실의 유리상자에
채집된 호랑나비 한 마리

나는 등에 꽂힌 핀을 빼고
파닥인다
[… 중략 …]

뼈가 시리다

나는 다시 등에 핀을 꽂고
골수 천자를 당한다

주사기에 가득 찬
조혈모 세포

-「나비와 조혈모 세포」

1연에서는 표본실 유리상자에 채집된 호랑나비라는 상징
이 나온다. 그런데 그것은 다름 아닌 서정적 화자의 입장인
것이다. 화자는 지금 어느 병동에서 골반뼈에 조혈모세포를
뽑기 위해 주사기를 꽂고 있는 입장이다. 조혈모세포란 사람
의 뼈 안에 있는 피를 생성시키는 혈액으로 골수라고도 한

다. 혈액암의 경우 보통 이 조혈모세포가 암세포로 바뀌어
버린 상태인데, 그런 조혈모세포의 검사를 위해 주사기를 골
반 뼈 등에 꽂고 골수혈액을 채취하는 것이다. 화자는 바로
이 조혈모세포의 채혈을 받으며 채집된 호랑나비 한 마리처
럼 파닥거리는 것이다.
　이러한 체험을 통해 그는 헛된 욕망이나 미망을 버리는 다
짐을 하게 된다.

　이제 당신은 자유입니다.

　미망이여 ! 헛것이여 !

- 「구속된 꿈」에서

　이 시는 1999년 그가 무균병동의 비닐천막 안에서 쓴 메
모라고 한다. 시인은 미망과 헛것에게 자유라고 선언한다.
"백혈병이 저승사자처럼 다가왔을 때는 / 말없이 다가서서
두 손을 내밀었습니다"(「병에 관한 메모리」에서)라고 고백하
며 욕망을 버렸을 때, 시인은 욕망이 떠난 만치의 넓은 빈 공
간을 갖게 되었다. 모든 것을 버렸을 때 우리는 그 빈 마음에
모든 것을 받아들이는 여유와 기쁨을 얻지 않는가. 이제 그
의 시는 이러한 빈 마음에서 다시 개화할 것이다.

3.

　이제 그는 건강한 모습으로 다시 서 있다. 나는 그를 얼마 전(2004년 11월) 도쿄에서 기쁜 마음으로 만나 그의 건강과 새로운 시인의 탄생을 축하했다. 하지만 나는 그에게 좀더 많은 기대를 하고 싶다. 누구보다도 생태계를 잘 알고 있는 그에게, 인간 존재의 끝이라는 죽음의 문턱을 맛본 그에게, 보다 정밀하고 우리 마음속에 맺어지는 시를 요구하고 싶은 것이다. 시는 아름다움과 죽음의 극단에서 피는 꽃이니까. 그는 그렇게 쓸 수 있고, 또 좋은 시를 써야 할 품성을 갖고 있으며, 또 써야 한다.

　솔직히 그의 시에 상투적인 흔적이 등장할 때, 머뭇하게 된다. "때가 되면 / 풋밤은 / 스스로 가시송이를 짜악 벌리며 / 토실토실하게 여문 / 훌륭한 생각 하나를 / 툭! / 떨어뜨릴게다 / 이것이 혁명이다"(「밤 가시의 뜻」에서)처럼 생태계의 순환을 그대로 묘사한 시가 있다. 이러한 시는 독자나 자신에게 물음 형식으로 자연보다 우월하지 않은 인간을 자각하게 하고 있는데, 이것은 안도현이 오래 전부터 실험해 온 것이기에 그 신선도가 다소 떨어진다. 하지만, 「넌 두엄에 썩힌 홍어처럼 향기로울 수 있느냐」처럼 그 내용에서 누구도 상상하지 않았던 냄새 이미지를 써서 시는 다행히 신선하게 느껴진다. 「난지도」, 「아이의 꿈」, 「고사」, 「내시경」, 「석양」 같은 시는 좋은 착상에 비하여 그 완성도는 아쉬워 아까운 소품이다.

또한 그의 시에서 자연과 인간이 동일시된 시를 보기는 어렵다. 자연을 완전히 의인화시키지 못하고 있다. 아직 그에게 자연이란 아직 대상이며, 보전해야 할 떨어져 있는 대상으로 남아 있다. 그 대상을 좁히고, 동일화 된 시를 쓸 때에, 그 자신이 자연과 일체가 된 모습을 보일 때 새로운 기쁨이 넘쳐 나지 않을까.

나는 그가 시에 대해 좀더 치열하여 익은 결실을 내놓기를 바란다. 속으로 치열했던 시적 열정을 겉으로는 자연스럽게 보이는 것은 쉽지 않은 일이다, 바로 이러한 시가 치열한 시적 필터를 거쳐 나온 시일 것이다.

소스락
소스락
눈오는 초하룻날 세배 가는 행렬이 시누대 숲을 지난다

소스락
소스락
노루목처럼
좁은 시누대 숲길을
간다

큰 당숙 앞장서고
꼬마들은 종종걸음 뒤쫓기도 바쁘다

태안사 뒷산
설날 아침 성묘 길은 왜 이리도 멀드냐

- 「시누대 숲의 추억」에서

'소스락 소스락'이라는 표현은 신선한다. 또한 그 소리를 들으며 좁은 대나무 길을 걸어가는 가족들 모습은 더욱 신선하다. 그런데 '시누대[矢竹]'란 가늘고 화살 만들기에 좋은 대나무를 말한다. 임진왜란 때 이순신 장군이 화살로 많이 썼다고 해서 유명하기도 하고, 제주도와 남부지방에서 많이 난다는 사실을 알게 될 때, 이 시는 묘한 역사사회적 상상력과 어우러지게 된다. 우리는 임진왜란까지는 안 가더라도 한 식구의 길디긴 가족사를 연상하게 되는 것이다.

이러한 좋은 시들 때문에, 지난날 시인 백석(白石)의 자연과 생활의 화합이 저리도 아름다웠듯이 오늘날 유영초에 이르러 자연과 인간이 어우러지는 신선한 시의 열매가 개화하기를 바래보는 것이다. 그가 쓰는 매혹과 둔기의 말이 보다 높은 향일성에 이르기를 기대해 보는 것이다.

또 봄이다.
지겹도록 추웠던 지난겨울의 끝자락,
때늦은 폭설에도 바람 끝에는 봄 내음이 배어 있다.

봄이 오는 길목에서 내거는 소망하나 있다면,
그저 이 낯선 봄에 구질구질한 내복을 벗어 빨아 널고

활엽수림 교목들의 수액 길어 올리는 소리,
잔설을 녹이며 발기하는 노랑앉은부채의 역설을 들으러
그 산으로 가고 싶다.

봄, 또 봄, 이 봄에
얼음 풀리는 소리가 걸려있는 그 산의 골짜기에서
나를 염색하고픈 그리움의 색소가 있다면
지난 서러움에 침전된 풀빛이다.

키보드로 옮겨 놓은
통역될 리 없는 내 심정의 글꼴을

애써 마음의 폴더에 저장할 필요는 없다.

고맙게도 잘 살아준 나의 식구들,
각별히, 나의 새로운 '피붙이'들에게
마음을 담아 여기 적는다.

2005년 3월

마이노리티시선 21

두어 번 날갯짓에 명왕성을 난다

지은이 유영초
펴낸이 장민성, 조정환
책임운영 신은주 편집부 최미정 마케팅 오정민
용지 화인페이퍼 인쇄 한영문화사 제본 한영문화사
펴낸곳 도서출판 갈무리 등록일 1994. 3. 3. 등록번호 제17-0161호
초판인쇄 2005년 3월 10일 초판발행 2005년 3월 20일

주소 서울 마포구 서교동 375-13호 성지빌딩 101호
전화 02-325-1485 팩스 02-325-1407
website http://galmuri.co.kr e-mail galmuri@galmuri.co.kr

ISBN 89-86114-76-3 04810 / 89-86114-26-7 (세트)

값 6,000원

★ 잘못 만들어진 책은 바꾸어 드립니다.

이 시집은 문예진흥기금 일부를 지원받아 출간되었습니다.